Horst Engel

Willkommen im Wörtersee

Band 1

Horst Engel

Willkommen im Wörtersee

Das Buchstabenkabinett auf Tauchstation

Mit Illustrationen von Andreas Becker

Band 1

Bibliografische Information der Deutschen Bibliothek.
Die Deutsche Bibliothek verzeichnet diese Publikation in der Deutschen
Nationalbiografie; detaillierte bibliografische Daten sind im Internet über
http://dnb.d-nb.de abrufbar.

ISBN: 978-3-7448-6502-9

Layout | Satz: Ewald Oschmann
Coverdesign: creative-vision.de, na-und.info
Foto: Gabriele Protze, Bildnis.de
Herstellung und Verlag: BoD – Books on Demand, Norderstedt

für

Sabine
Tina
Andreas
Horst
Bernd

Interview

Wieso dieser Titel?
Eine Kunsthistorikerin hat mich in ihrem Vorwort zu einem Katalog als Schamane des Wörtersees bezeichnet.

Beim Durchblättern fällt auf, dass es weder Orientierung, einen Handlungsablauf, einen roten Faden, geschweige denn ein Finale gibt.
Das stimmt. Orientierungslosigkeit ist zentraler Bestandteil des Konzeptes. Warum muss man sich immer zurechtfinden? Als roter Faden dienen die Untiefen des imaginären Wörtersees.

Sie erfinden Worte und Begriffe, die es überhaupt nicht gibt. Welchen Sinn soll das ergeben?
Gar keinen! Warum muss immer alles irgendeinen Sinn haben? Willkommen im Wörtersee steht dafür, sich in irritierende Wortwelten fallen zu lassen. Hier kann man nach Herzenslust herumaalen, ungehemmt suhlen und sich einfach wohl fühlen. Der fröhliche und ungezwungene Spaß am Salto Wortale steht im Vordergrund.

Aus welchem Kelch schöpfen Sie ihre Wort- und Satzpartikel?
Ich bin Stammkunde im Supermarkt der Sorglosigkeit. Als Zeitzeuge des alltäglichen Wortwahnsinns sind es die trivialen Begriffe, die Melodie, der Sound eines Wortes, die ich im Einkaufswagen nach Hause trage. Außerdem esse ich gerne Leberwurst.

GEHENTARE
STEHENTARE
KOMMENTARE
LIEGENTARE
KRIECHENTARE

Hühbrid

Neuartige Antriebstechnik für Pferde

Schaukel
hund

Angsthase
Muthase
Osterhase
Pfingsthase
Rodelhase
Weihnachtshase
Skihase
Etappenhase

MIRABELLEN-
SCHWAMM

Schafsalon

Wie werden Nahrungsmittel genannt, die am Wegesrand liegen?

Wegan

Neunsamkeit

Starrenkasten

Fallobst

Fallsucht

Stehsucht

Fallschirm

Fallada

Fallahier

Falladort

Fallahin

„Hunde, wollt ihr ewig kleben“

Drohung des Vorsitzenden Dr.med.vet. Wolfgang Kläff auf der Jahrestagung der Rentenversicherung für Vierbeiner

Geruchsschere

Kinder-Rente

KETTEN-MAIL

Joghurt-Fontaine

Kanonen

Toaster

Ballettaktie

Leiterbus

Kiel-Müffsee

PANZERLU

TSCHER

SCHAUMRockER

Bonbon-Waggon

Spargelsenker

mausoli
noleum

Kuntergelb
Kuntergrün
Kunterschwarz
Kunterweiss
Kuntergrau
Kunterrot
Kunterblau
Kunterbunt
Kunterlila
Kunterbraun
Bunterkuh

GRÖLan
d

LAUTE Wasser sind

flach

Kleinzügig

MOSTRECHWUMME

STECKDOSEN FETT

Pistolen-Rumba

DIENSTGRANATe

Glaubenslügner

tummelblume

Quarkarsch
maschine

Teilchenverlan
gsamer

Gorillarunde

Rattoleum

Trübinette

Kaffeesatz
Aufsatz
Absatz
Teesatz
Vorsatz
Ansatz
Umsatz
Imsatz

LEUTNANT GELBBÄR

Ringeraufstand

MUSEMUS

Parkplat
z-elfe

SPRÜHWERFER

Stummzettel

London
Amsterdom
Stockhom
Lissabom
Kondom
Rotterdom
Melbom
Kölnerdom

Alibaba

Alibubu

Alihuhu

Alimente

Alicante

Ökolatschnur

Viralbohrer

Romlanze

Ampel-
Tarzan

Wahrheitsfürst

BlÄhdoyer

Leisefreiheit

Konformstau

Jungernativlos

Nerdprämie

Katleidende Banken

Stellenmarkt
Stullenmarkt
Strullenmarkt
Stillenmarkt
Stollenmarkt

Zentrum für Internationale Gichtkunst

Wälzmeisters chaft

Riechs
aal

FRIEDHOF
FRIEDFERTIG
FRIEDHELM
FRIEDEFREUDEEIERKUCHEN
FRIEDMUETZE
FRIEDKAPPE
FRIEDOLIN
FRIEDENAU

Solar-Praxis

BUH-GATTI

Foxtrott-Flocken

Bionier

DOPPELRAHM TREPPE

Punkträuber

Getreide zeit

Sägetuch

83

FLACHSCHULE

Restmüll-Urlaub

Step
pfei
le

F u c h s t ü
t e

kuschelbombe

PHRASEN-ABZUG

Sandbahn-Lesung

Sensoren

Carpaccio

Zelt-Apotheke

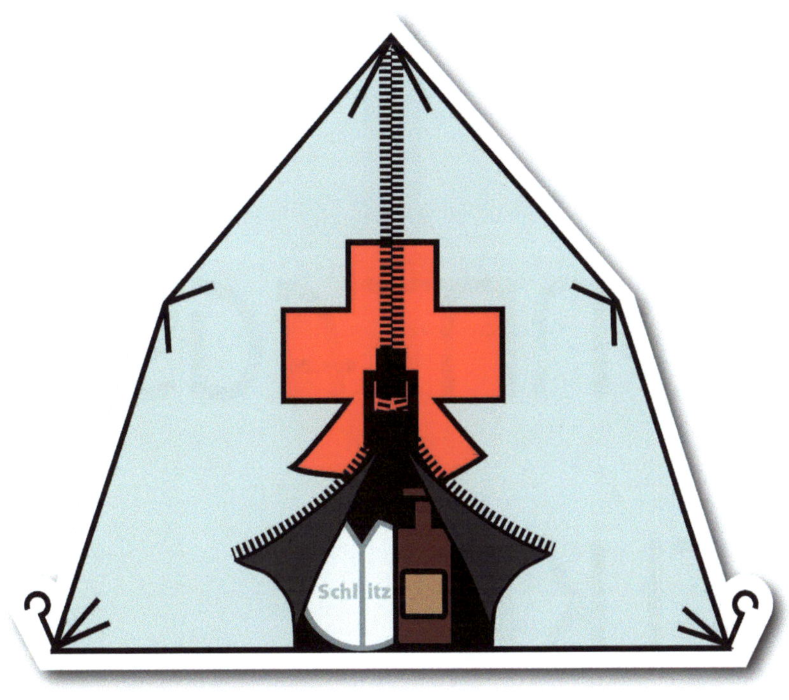
Schlitz

SONNTAGS-NELKE

Pappamobil
Mammamobil
Pappahotel
Gaggamobil
Daddamobil

Zu rücksitzen d   er

Stellv ertre te n der
Zu r ü c k sit zen de   r

EUROPA

DUROPA

ICHROPA

MITROPA

SIEROPA

Netzkante n- Notar

KOMAANLAGE

Zeckenhose
Heckenrose
Deckendose
Hoselose
Zuckerdose
Gewinnlose

Gipfelkanon

Mainstream-Beamter

Ramschladenparf üm

Nierenh
aken

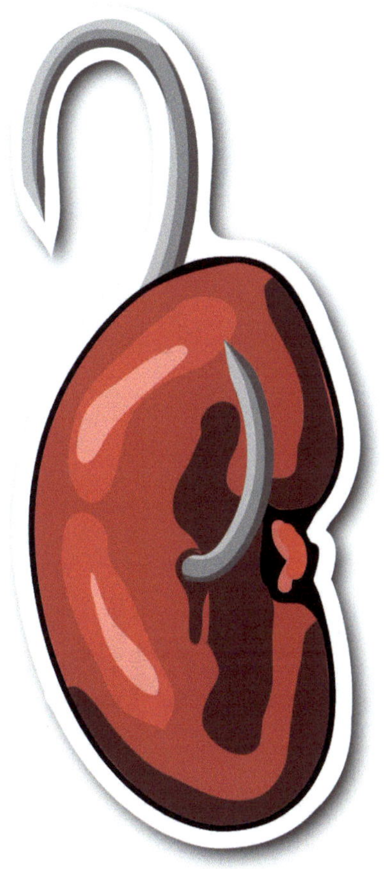

Schluckab

Fangwahl

Kopfwahl

Partnerwahl

Stichwahl

WELTWIRT

Spuckmütze

Schwalbe**n**fahrstuhl

Tag der
Fahrrad
klingel

Pflanzenpol
izei

VISITEN-
MEKKA

WASCHBRETT-RÜCKEN

Adamsapfel
Evasapfel
Willisapfel
Thomasbirne
Franzapfel
Matthiasapfel
Bernhardsapfel

ZieGenskat

Orgel-Initiative

Roggenhose

Sandwärter

Hat Sie

Tai Chi

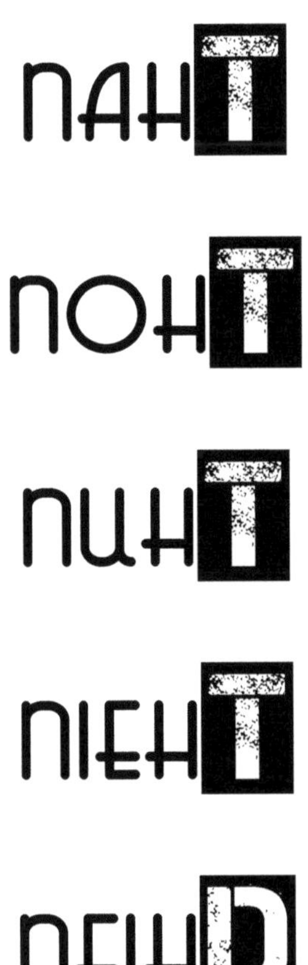
NACHT
NOHT
NLHT
NIEHT
NEIHD

Krähenfüße
Krähenhände
Krähenfinger
Krähendehähne

PIERRE
KARTON

Bulette
Balette
Amulette
Omelette
Doublette

AbschiedskussAns

chiedskussAbund

anschiedskuss

Orangenalltag
Eintopfalltag
Zucchinialltag
Bananenalltag
Ananasalltag
Allradantrieb
Tomatenalltag
Radieschenalltag

BLOCKBUSTER
BLOCKSCHOKOLADE
BOCKFLÖTE
BLOCKGEIGE

Bei Ausgrabungen haben
ugandische Forscher sechs
neue Tierkreiszeichen
gefunden.

Es handelt sich um das
Zweihorn, Schwein, Drilling,
Hummer, Wespenbussard und
den Werfer.

seehamster

Pfefferpotthast
Pfefferpotthastenich
Pfefferpothastkriegstenich
Pfefferpotthastwillstenich

Mar**zip**an-Rolltreppe

Hammerhochstoss

OPERETTEN-OPER

Hannover – Herrenhausen

Braunschweig – Damenhausen

Münster - Kinderhausen

Trommelsextett

Sprechblusen

bunt ist cool
das ist doch voll 80er

TISCHDECKE

TUSCHDECKE

KUSCHDECKE

FUSCHDECKE

BUSCHDECKE

Tantiemensack

Wüsten-

schwan

Zuckermeister

Brikett
Darknett
Parkett
Sehrnett
Fettfett
Bufett

Gladiolenkom panie

Kakerlake
Kakerluke
Klo

Geränkeleiter

SONATEN-TRAINER

Finanzhai

Finanzbarsch

Finanzflunder

Finanzlachs

Finanzbutt

Finanzkabeljau

Finanzmakrele

Finanzhering

Finanzsprotte

Finanzhecht
Finanzrotbarsch
Finanzsardelle
Finanzsardine
Finanzschellfisch
Finanzseeteufel
Finanzzander
Finanzbratrollmops
Finanzkarpfen

Finanzaal

Finanzwal

Finanzbrasse

Finanzforelle

Finanztintenfisch

Finanzflusskrebs

Finanzpangasius

Finanzbrathering

TREUARM

TREUHAND

TREUDOOF

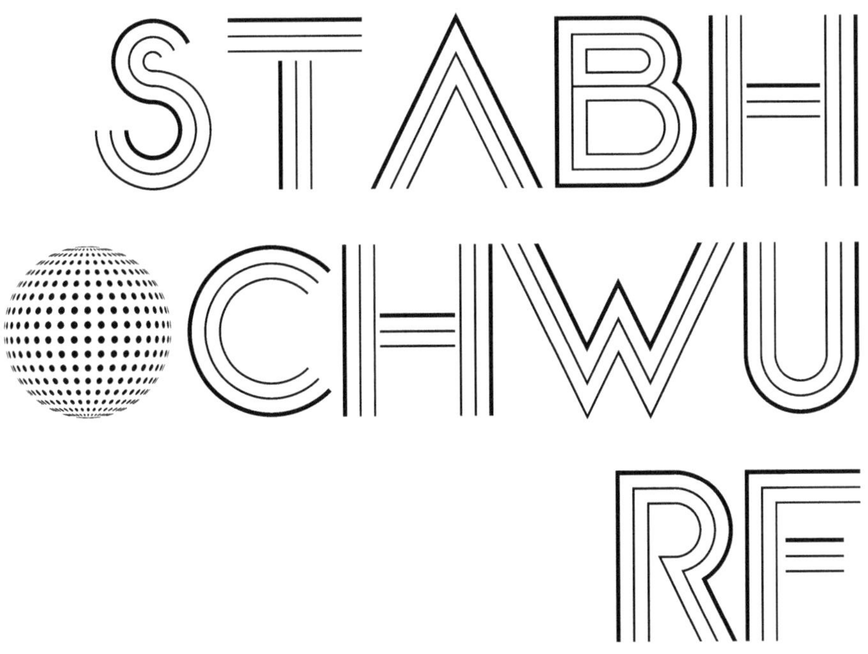

STABH
OCHWU
RF

Ohrenwasser

Flaschenkn acker

Sorteneinfalt

Tathaus

Spenderniere

Spenderzunge

Spenderknie

Spendernase

WASSERBRAND

zANKEIMER

Karlslücke

Lawinengeher

Skateboard-Steuer

Sprechvögel

steinfraktur

Delfin-Floß

Flusslehrling

ABSCHNITT GABEL

TEXTKLE BER

168

Flusspferd
Nilpferd
Rheinpferd
Seepferd
Bachpferd

Spreephilharmonie

WALDLE HRLING

Paragliding

Paranuss

Paranoid

Parabol

Parazetamol

Para-Bell

TAG DES GRASHALMS MIT MIGRATIONSHINTERGRUND

Stammtankstelle

RIPPCHEN

DIPPCHEN

SCHNIPPCHEN

SIPPCHEN

Ampelmost

Autobiografie
Busbiografie
Bahnbiografie
Fahrradbiografie
Flugzeugbiografie
Drohnenbiografie

Tiefenlöffel

WIESENSTEINPILZ

Querfahrten

Eiweiß

Eigelb

Eigrün

Eiblau

Eidam

Eigernordwand

Eidgenosse

Eidesstatt

Eiderdaus

Einmaleins

Neu auf Feuerland:

Dein wunderbarer Aschsalon

Das kreative Krematorium

Umweltgipfel

Dieselgipfel

Rentengipfel

Windelgipfel

Bildungsgipfel

Kosakengipfel

Schweinegipfel

Afrikagipfel

Europagipfel

Euro-Soli

FRITÖSE

FRISÖSE

GEHTÖSE

Dartschl oss

U-
Bahnschic
ht

RoManti
k Mord

ACHTSPRUNG

BLUMEN

REVOLVER

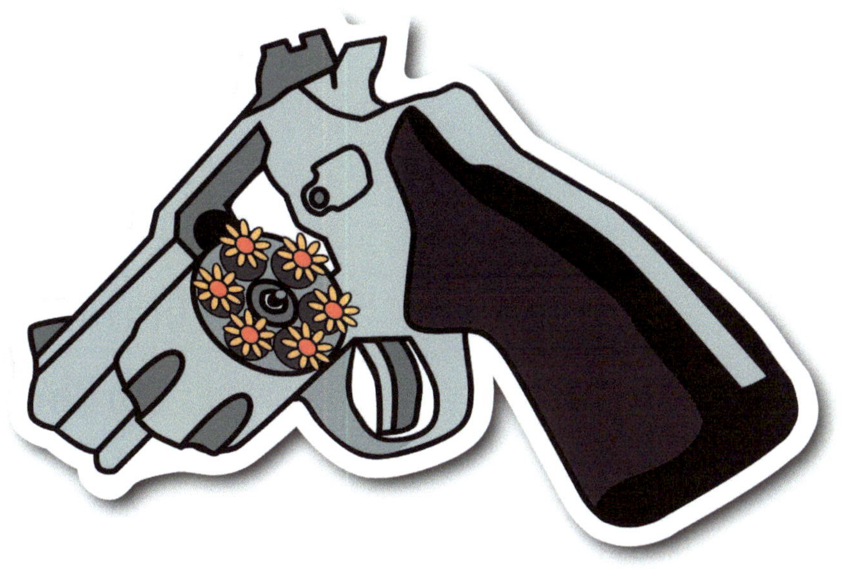

Türsteher

Türlieger

Türöffner

Türläufer

Türstürmer

Türlibero

Türputzer

Türtrainer

Türdrückeberger

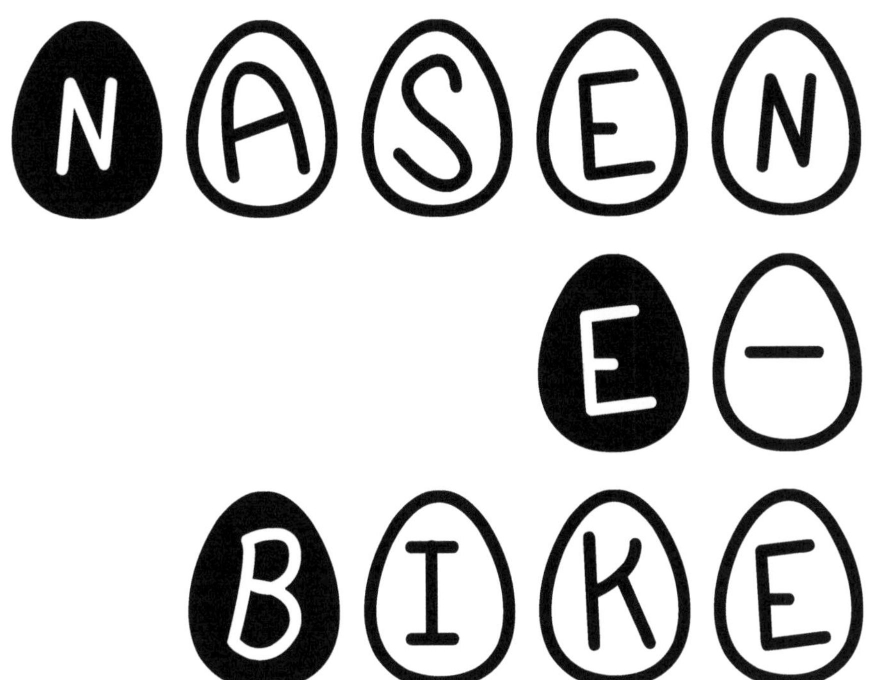

NASEN
EE-
BIKE

Biotonne

Biograf

Biofürst

Biologe

Bioparkett

Bioladen

Biorollladen

Biorhytmus

Biounrhytmus

Biobraunkohle

Biologisch

Biounlogisch

Biomasse

Biomangel

Biozöse

Biotonne

Bioeimer

Horst Engel

Schöner kürzen

100 + 10 neue Abkürzungen
Taschenbuch, 240 Seiten
€ 9,90 (D)
ISBN: 978-3-7412-8441-0

Als ausdrucksstarker und aussichtsreicher Kandidat für das „PEN Bulletin of selected books" verleibt sich Horst Engel das weite Feld der Abkürzungen ein. Die Genera dicendi leichtfüßig überspringend, intentionsaffin an bestehende loci communes anknüpfend kreiert er neue prosaisch-poetische Gedankenschwünge, die wie künstlerische Periegesen von Abbreviationen anmuten. Eristisch-verzerrend eröffnet sich dem geneigten Leser ein wahrhaft meisterliches Satyrspiel der Buchstaben, das gleichermaßen nachhaltig im Solar plexus wie im Cortex cerebellaris nachklingt.

Horst Engel

Die Welt der Abkürzungen

frisch gepresst und neu interpretiert

Taschenbuch, 192 Seiten

€ 9,99 (D)

ISBN: 978-3-7448-1613-7

Unser Leben verkommt allmählich zu einer lustlosen Instant-Kommunikation. Jeder hat es eilig und so wird auch kommuniziert. Mit Emoticons, Abkürzungen und Akronymen aller Art versuchen wir, möglichst schnell Botschaften zu versenden. Dass es auch anders geht, zeigt Engel in seinem zweiten Buch Die Welt der Abkürzungen. Hier werden real bestehende, oft bekannte Abkürzungen satirisch seziert, neu interpretiert und das auf sehr übersichtliche Art und Weise. Auf jeder Seite findet man lediglich eine einzige Abkürzung vor. Wunderbare Illustrationen machen aus der Abkürzungs-Satire ein gelungenes Buch.

196

Horst Engel

Post vom Souverän

Kommunikation mit der Kanzlerin

Taschenbuch, 160 Seiten

€ 7,99 (D)

ISBN: 978-3-7528-3338-6

Im August 2017 läutete die Politik die heiße Phase des Wahlkampfes ein und Engel fand, dass dies der beste Zeitpunkt sei, endlich einmal die ewige Kanzlerin persönlich zu beraten. Bis zur Bildung der neuen Regierung wollte er ihr persönlicher Ratgeber sein. Nach achtundsechzig Briefen, Posts und E-Mails hatte er die weiße Flagge gehisst. Die Kapitulation. Am 16. März 2018 um 12:45 Uhr war es vorbei. Der letzte Postausgang. Der letzte Post, die letzte E-Mail. Kein Sterbenswörtchen. Dabei waren alle Ratschläge ernst gemeint.

Immer wieder wird von der Politik gefordert, dass man sich einbringen solle. Tut man es dann, wird man nicht nur nicht ernst genommen, man wird noch nicht einmal wahrgenommen. Tolle Aussichten für unsere Demokratie.

Ich weiß

HORST ENGEL

Horst Engel

Ich Weiß

Hardcover, 260 Seiten
€ 19,99 (D)
ISBN: 978-3-7460-1438-8

Unsere Gehirne werden permanent geflutet. Am Tag. In der Nacht. Im Traum. Auf dem Klo. In einer Welt, die zunehmend aus den Fugen gerät, finden wir uns nicht mehr zurecht, vermissen den Halt. Das Hamsterrad dreht sich immer schneller, unser Wertesystem gerät ins Wanken. In dieser Gemengelage betritt *Ich weiß* das Parkett. *Ich weiß* ist ein Buch ohne Netz und doppelten Boden. Keinerlei Handlung beansprucht sie über Gebühr. Sie entspannen und entschleunigen.
Ich weiß wirkt wie eine literarische Shiatsu-Massage. Tauchen Sie in jede Seite ein und lassen sich treiben durch ein Blättermeer von weißen Seiten.

HORST ENGEL
geboren am
5. Februar 1950 in
Duisburg-Ruhrort;
lebt in Lünen,
Buchautor, Künstler,
Preisträger des ersten,
zweiten und dritten Preises,
Statt-Block Blogger